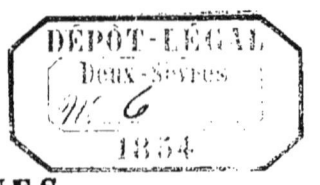
QUELQUES

MOMENS

MALHEUREUX

TRAVERSÉS HEUREUSEMENT

DE

1848 A 1852.

NIORT

IMPRIMERIE DE L. FAVRE ET Cie.

—

1854.

QUELQUES MOMENS MALHEUREUX

TRAVERSÉS HEUREUSEMENT

DE

1848 A 1852.

—→→→⟩)0(⟨←←—

NOBLE ET BON AMI,

Bien des fois nous avons parlé tous deux des événemens qui, dans ces dernières années, se sont accomplis
dans les rues de Paris ; bien des fois vous m'avez demandé
le récit de ceux auxquels j'ai pris part. Aujourd'hui, j'accomplis ma promesse et je viens, narrateur sans prétention
aucune, rappeler à vos souvenirs les choses que j'ai vues
et celles que j'ai faites ; heureux si je puis, à des épisodes
qui souvent ne regardent que moi, en ajouter quelques
autres qui soient dignes de l'histoire.

Depuis longtemps, les projets de banquets réformistes
excitaient les esprits ; mais le gouvernement, désireux de
se précautionner contre les manifestations politiques,
multipliait les entraves. Des jours étaient indiqués pour
ces réunions, véritables amorces révolutionnaires, et con-
tremandés aussitôt; on les rejetait d'heure en heure ; on
attendait un moment favorable. Les esprits fermentaient,

et cette tension continuelle devait amener le grand cataclysme marqué par la révolution de 1848. Jusqu'au 23 février, l'agitation demeura sourdement menaçante, mais rien ne se décidait encore. Le 23 arrive. Je reçois l'ordre de me rendre au pavillon de Montreuil, en avant du pont de la Concorde et des Champs-Elysées, pour y occuper mon poste à la place de bataille d'un bataillon de la garde municipale dont je faisais partie comme chirurgien aide-major. Une heure environ s'écoula, et je m'enquis du lieu où se trouvaient nos chefs. J'appris que le colonel Pierre et le commandant Dhébrard, aujourd'hui colonel de la gendarmerie à Nantes, étaient dans l'allée des Veuves, occupés à prendre à la hâte leur repas. Un garde arrive et nous annonce que la populace se livre aux manifestations les plus violentes, et que le pavillon de Montreuil est sur le point d'être emporté. Au moment de nous mettre en marche, le commandant, inspiré par les sentimens d'un cœur d'élite, me conseilla de me placer au centre de la troupe, afin d'avoir moins à craindre des projectiles et des pierres dont on ne manquerait pas de nous assaillir. Quoique vivement touché de ce procédé, je pris ma place de bataille à la gauche de la petite colonne.

Malgré la faible distance à parcourir, de graves accidens vinrent un moment, sans les ébranler, frapper les soldats des premiers rangs. Une bande d'étudians, ou plutôt de ces jeunes gens dont la turbulence se montre toujours au début des émeutes, s'avance de la façon la plus hostile; des pierres amoncelées aux abords du Cours-la-Reine se trouvent sous ses pas, elle s'en empare et les lance avec une regrettable persévérance. La lutte s'engage de plus en plus; le nombre des blessés ne cesse d'augmenter sous

les efforts sans cesse envahissans de la foule ameutée.
L'état des blessés m'inspirait des craintes assez légitimes
pour que je cherchasse à pourvoir à leur soulagement
immédiat ; mais le cas était difficile ; je ne pouvais dis-
traire ostensiblement une escorte destinée à protéger un
convoi de blessés. Dans ce moment de préoccupation
pénible, une voiture de place déboucha ; quelqu'un me
faisait signe de cette voiture, je m'approchai et je crus
devoir prévenir celui qui l'occupait qu'il y avait danger à
rester sur le théâtre d'une collision dont nous ne pouvions
encore prévoir les résultats.

— « Je ne suis d'aucun parti, me fut-il répondu, et
par conséquent je ne risque rien : mon nom me servira
partout de laissez-passer. »

Je serrai la main de M. le marquis de Larochejaquelein,
car c'était lui ; puis il disparut.

Vers les six heures du soir, mes blessés gisaient encore
à la même place, et la difficulté de les diriger sur un
hôpital était toujours la même, quand j'avisai quelques ou-
vriers dont les sentimens me paraissaient offrir les garan-
ties désirables pour l'exécution de mon projet. Je fis
déguiser mes gardes blessés, et, sous l'escorte de ces gens,
ils furent conduits à l'hôpital du Gros-Caillou, en compagnie d'un brigadier qui, sans paraître faire partie de ce
convoi, n'en surveillait pas moins la marche.

A huit heures, le gouvernement était encore maître de
Paris, à l'exception du cloître Saint-Méry, dont l'occupa-
tion par les émeutiers était naturellement favorisée par la
tortuosité des rues avoisinantes. Tout-à-coup, une vive
lueur vint éclairer les Champs-Elysées. Curieux d'en
connaître la cause, je me portai dans cette direction et

j'aperçus un vaste foyer d'incendie alimenté par les chaises de la promenade, par un omnibus, et par le poste du carré Marigny que les flammes avaient envahi. Au milieu de l'obscurité, cette clarté subite avait quelque chose d'effrayant : on aurait dit le flambeau précurseur des révolutions, secouant ses brandons sur l'édifice social que les partis se disposaient à ébranler jusque dans ses fondemens. Ce fut bientôt après que je reçus l'ordre de me rendre à la préfecture de police, afin de rapporter à l'autorité ce qui m'était relatif pour la journée. Je rencontrai M. le préfet Delessert et le colonel Lardenois, qui m'invita à regagner la caserne de Tournon, qu'occupait mon bataillon. Avant de prendre cette direction, je m'acheminai vers la rue de Verneuil, où je savais que madame Duperrier me réservait la plus grâcieuse hospitalité. J'étais fatigué, harassé. Le court instant que je restai chez elle apporta une agréable diversion aux inquiétudes de la journée. Nous parlâmes de ce qui se passait autour de nous, et je me souviens que j'émis alors une opinion que les événemens confirmaient trois jours après. « Est-ce grave, « se demandait-on, ne sera-ce qu'une échauffourée ? » Je répondis, sans me croire aussi bon prophète : « Si c'est « une échauffourée, quelques heures suffiront pour tout « calmer, et si la chose est plus grave, le trône menace « ruine et croulera. »

24 FÉVRIER.

Je retournai à la caserne de Tournon ; pendant la nuit que j'y passai à prodiguer mes soins aux blessés atteints plus ou moins grièvement dans la journée, et que l'on n'avait pu envoyer dans les hopitaux, les sociétés secrètes s'étaient organisées sous l'influence active de chefs invisibles, insaisissables au milieu des tourmentes révolutionnaires. Les clubs, ces associations exaltées par le fanatisme qui naît d'idées mal comprises et cherche le but sans discuter les moyens, se composaient de deux élémens bien distincts : les uns, graves et réfléchis dans leurs projets de destruction, s'attaquant aux hommes comme aux choses, avides, alléchés par le meurtre et le pillage : les autres, imprudens, légers, grossissant toujours les rangs des premiers qui les fascinent et les entraînent, bande insoucieuse et volcanisée : les enfans de Paris. Jusqu'à deux heures, cette journée se passa pour nous dans l'inaction. Bientôt nous apprîmes que M. de la Pommeraye, lieutenant de la garde municipale, qui veillait à la conservation des ateliers de Lepage, rue Grénetat, venait d'être assailli par les séditieux, et qu'il avait mortellement frappé de son épée un des insurgés. Peu de temps après, je fus invité à aller visiter, rue de Tournon, chez un pair de France, son gendre, commandant de la ligne, qui venait d'être tué à la tête de son bataillon sur la place de l'Hôtel-de-Ville. Ces faits nous révélaient d'une manière évidente que l'émeute grandissait, et que la révolution, loin de s'éteindre, faisait de nouveaux pas vers une explosion générale. A quatre heures, plusieurs pairs sortaient de la chambre ; nous leur donnâmes connaissance de ces événemens, et, apprenant que nous n'avions pas l'ordre d'agir, ils nous adressèrent quelques paroles bienveillantes par lesquelles ils nous firent entendre qu'ils comptaient sur notre loyauté *après* comme *avant*, et qu'ils espéraient que, pendant les graves débats qui s'agitaient, notre dévouement ne leur ferait pas défaut.

Pendant qu'ils exprimaient les sentimens qui nous animaient tous, l'effervescence commençait à se calmer, le changement de ministère semblait avoir ramené un peu de calme dans les esprits ; on se réjouissait ; les illuminations brillaient sur toutes les fenêtres, quand tout-à-coup, vers dix heures et demie, une bande d'insurgés vint à déboucher par la rue Garencière, en criant à tue-tête : « Vengeance à nos frères, mort aux municipaux ! « Le coup de feu du boulevard des Capucines venait d'etre tiré ! Cette foule se précipita vers Saint-Sulpice et sonna le tocsin. Devant cette manifestation, je fis observer au commandant Tisserand, maintenant colonel de la garde de Paris, qu'il était facile de s'emparer des issues et d'enfermer pour ainsi dire ces furieux pour les faire prisonniers ou en tirer bonne et prompte justice. Cet officier supérieur, si connu par sa bravoure et la conduite distinguée qu'il a toujours tenue au milieu des nombreuses émeutes de Paris, m'objecta que devant la gravité d'une pareille décision, sa responsabilité demeurait fortement engagée, et que, n'ayant pas d'ordre précis, il était dans l'obligation de temporiser. A 2 heures du matin, ce bon commandant, me voyant fatigué par les nombreuses courses que j'avais faites dans la journée, me conseilla obligeamment d'aller chez moi me reposer. Après quelques instans d'un sommeil agité, je retournai à la caserne de Tournon ; mais quel ne fut pas mon étonnement, quand je vis la demeure de la garde envahie et occupée par les insurgés. Je remarquai en ce moment une de ces précautions qui ne sont plus du fait de la guerre, mais bien de la déloyauté propre aux rebelles : depuis la rue du Petit-Lion-St-Sulpice, et dans tout le parcours de la rue de Tournon, le pavé était jonché de culs de bouteilles et de verres brisés! Comme il était important pour moi de retrouver ma trousse que j'avais laissée à la caserne, je m'approchai de l'entrée ; mais au moment de pénétrer dans mon ancienne demeure, un factionnaire, ou pour mieux dire un bandit, ivre au point de chanceler, m'interpella brutalement, et, s'opposant à mon passage, voulut porter une main profane à la décoration attachée sur mon habit, et que couvrait mon caban. En l'écartant, je mis la main à la garde de mon épée, et j'allais repousser cette agression par la force, quand intervinrent M. de St-*****, avocat, et M. Gallet, propriétaire du café des Quatre-Vents ; ils firent comprendre à cet homme pris de boisson que j'étais un docteur et une de leurs connaissances. Ces paroles calmèrent la sentinelle à moitié abrutie par de trop fréquentes libations ; cet ignoble personnage osa me tendre une main que je repoussai avec dégoût. Consterné par le spectacle inattendu que m'offrait la caserne, veuve de ses braves habitans et maintenant occupée par une populace ivre, déguenillée, horrible à voir, effrayante à entendre ; douloureusement oppressé par la pensée que mon absence pourrait peut-être donner matière à de fâcheuses interprétations, je m'informai de la direction prise par mon bataillon ; il s'est dirigé, me dit-on, vers le Palais-de-Justice, pour prêter main-forte et offrir là encore ce dévouement qui ne faillit jamais. Quelle fut ma douleur! trompée, trahie, la garde était en déroute ; les insurgés étaient les maîtres, et chaque homme de notre troupe

tombait mortellement atteint quand il ne pouvait se sous-
traire à la fureur de ces bandits effrénés. Voyant que tout
était perdu, qu'il ne m'était plus possible de me rallier
au moindre débris de nos troupes en déroute, je quittai
mon uniforme de la garde municipale, et j'attachai les
insignes de mon grade, un collet brodé, sur une tunique
de garde national. Il me fallait une solution quelconque,
ma place était quelque part ; le devoir me commandait de
rechercher le lieu où ma présence serait nécessaire ; je
me dirigeai donc de nouveau vers la préfecture de police,
où était notre état-major. Là, s'offrit à mon regard un
spectacle inattendu : Mme Lardenois, sa fille et sa belle-
sœur s'enfuyaient épouvantées ; le désordre de leur toilette, l'anxiété empreinte sur leur visage devaient frapper
vivement quiconque les connaissait. J'allai vers ces dames ; Mme Lardenois, d'une voix saccadée, pleine d'an-
goisses, me jeta quelques paroles dont l'incohérence me
fit craindre un moment pour sa raison :

— « Docteur, s'écria-t-elle, mon mari !... rendez-le-
moi !... on l'a tué !... où est-il ?... je le veux !... »

J'essayai de la calmer par quelques mots consolateurs,
et dans l'embarras où j'étais, je conduisis ces dames dans
mon propre logement, rue de Verneuil. Là, naissait une
nouvelle difficulté ; je savais mon concierge partisan dévoué
de la démocratie ; affilié aux sociétés secrètes, s'il dé-
couvrait quels hôtes j'amenais chez moi, tout était perdu.
J'avais foi dans la loyauté d'un certain M. Richard,
fabricant de gants, et je savais toute la bonté du cœur
de sa femme. Ce fut à eux que je confiai le dépôt
sacré que j'avais pris sous ma faible protection, et je
dois leur rendre cette justice, qu'ils se montrèrent pleins

de prévenance pour mes pauvres recluses. Mme Lardenois réclamait son époux, dont l'absence lui causait les plus mortelles alarmes; je lui promis, après avoir assuré ses besoins les plus pressans, d'aller moi-même aux renseignemens et de lui dire la vérité tout entière. Son jeune fils arriva sur ces entrefaites, sortant du collège Henri IV; je partis immédiatement avec lui et leur domestique pour commencer mes investigations. Nous nous dirigeâmes vers la place Royale; j'eus le bonheur de faire la rencontre de l'un de mes camarades dont les indications facilitèrent le succès de mon entreprise : c'était le brave Cabasse, si renommé par sa captivité chez l'émir, à l'époque de ses campagnes en Afrique. Il était chef d'une ambulance de la place Royale; lorsque je l'informai du but de mes recherches, il me dit :

— « Silence, mon cher, ne prononcez pas ici le nom du colonel. Je vais vous donner un guide sur lequel vous pourrez compter. »

J'allai vers la rue des Tournelles dans une maison où l'on pensait que le colonel Lardenois s'était retiré. C'était bien en effet l'asile qu'il avait choisi; mais les obstacles semblaient se multiplier; sur la porte se tenaient deux jeunes gens dont l'air aviné expliquait suffisamment l'exaltation; ils se vantaient de leurs récentes prouesses et des saturnales qu'ils avaient accomplies au palais des Tuileries; ils parlaient des dévastations auxquelles ils avaient pris part, des contributions qu'ils avaient prélevées sur les buffets, des débris du trône qu'ils avaient lacéré, de toutes leurs turpitudes enfin. A mon air mystérieux, à la présence du jeune Lardenois, la concierge comprit le motif qui m'amenait, et, me faisant un signe, elle m'appela dans la cour :

— Vous cherchez le colonel, me dit-elle ; il est ici, mais gardez-vous de le nommer. Ces forcenés que vous voyez mettraient le feu à la maison, s'ils savaient qu'elle renferme M. Lardenois. Avant tout, tâchez de les éloigner. »

Je donnai quelqu'argent au domestique ; il entraîna facilement ces misérables dans un cabaret du boulevard Beaumarchais. Je gravis prestement deux étages, et au troisième je trouvai le colonel étendu sur un lit, meurtri, contusionné par suite d'une chûte qu'avait faite son cheval en voulant franchir une barricade. M. Lardenois avait été saigné et ne souffrait d'aucune lésion grave.

Son domestique revint après avoir achevé d'étourdir la raison de ces malheureux, dont la présence pouvait être si funeste à l'accomplissement de mes projets. D'abord le colonel refusa de me suivre ; il m'objecta les dangers auxquels m'exposait mon dévouement ; mais enfin, quand je lui appris que j'avais promis à sa femme de le ramener ou de lui donner avis de son sort, il se laissa fléchir. Afin d'éviter qu'il ne fut reconnu, je lui coupai les moustaches et le couvris de ma redingote ; mon chapeau enfoncé jusqu'aux yeux compléta son déguisement, et nous nous mîmes tous en route, lui, assez méconnaissable, moi en manches de chemise, coiffé de mon mouchoir de poche, et chantant à nous quatre la *Marseillaise* à tue-tête.

La rue Saint-Antoine était encore encombrée de barricades, et les illuminations me faisaient craindre que le colonel ne fut reconnu malgré mes précautions. Je pris ma route par la place de la Bastille, et longeant le canal, nous tournâmes le Grenier d'Abondance pour suivre la rive droite de la Seine. Jusqu'aux abords de l'Hôtel-de-Ville, notre marche s'effectua sans encombre ; mais, arrivés à la place, la lueur des lampions qui scintillaient de tous côtés, les flammes des arbres et des guérites qui brûlaient, répandaient une vive clarté. Si nous étions reconnus, le colonel ou moi, nous courions le risque d'être jetés à l'eau ou massacrés. Il fallait donc demeurer le moins longtemps possible sous ces lueurs qui pouvaient tout perdre. Enfin, grâce à mille précautions, nous fûmes assez heureux pour passer outre, et vers minuit le colonel arrivait à mon logement.

Ici, il faut renoncer à peindre les émouvantes impressions que fit naître le retour du colonel. Mme Lardenois s'évanouit en tombant dans les bras de son mari ; sa fille, doutant encore du bonheur de retrouver son père, mêlait ses pleurs de joie à ses larmes récentes de douleur, et la sœur du colonel pressait mes mains dans les siennes pour me donner les preuves les plus chaleureuses de sa reconnaissance, et cependant il me semblait tout simple que j'eusse été à la recherche d'un homme qui était mon colonel d'abord, et de plus époux et père. Pendant trois jours, il voulut bien occuper mon logement, alors que je m'étais casé moi-même dans une chambre d'un hôtel voisin ; puis, craignant de me compromettre en se perdant lui-même, il alla demeurer dans un appartement de la rue Vaugirard.

La plupart ou pour mieux dire tous ceux des gardes qui avaient échappé au massacre et qui me connaissaient, assiégeaient chaque jour mon logement. Ils venaient me demander des conseils pour savoir comment ils pourraient retrouver leurs livrets restés enfermés dans les casernes. Sans cette pièce authentique, qui relate la vie du soldat, l'embarras est grand pour lui lorsqu'il faut se produire, et tous tenaient essentiellement à rentrer en possession de ces livrets. A cette époque, M. Justinien Clary, commandant le bataillon de Corbeil, était venu se mettre à la disposition du gouvernement pour le maintien de l'ordre. Je m'adressai à lui afin de faciliter à mes hommes l'obtention de ce qu'ils désiraient. Depuis la dissolution de la garde, j'étais sans emploi, et M. Clary me fit l'offre d'entrer comme chirurgien-major dans la garde mobile que l'on organisait. Philosophe et militaire, le général Duvivier s'occupait de la formation de ce corps dont les élémens turbulens et indisciplinés devaient, malgré leur défaut d'homogénéité, constituer plus tard les redoutables bataillons qui renversèrent si énergiquement l'échaffaudage dressé par les rebelles de juin. J'avais connu le général en Afrique, et, sur la proposition de M. Clary, il m'invita à l'aller trouver, place Vendôme. Son accueil fut des plus obligeans, et, à sa demande, le ministre de la guerre me conféra mon nouveau grade dans le corps que l'on organisait. Je pus alors profiter des bonnes dispositions qui m'étaient témoignées et faire restituer leurs livrets aux gardes de la caserne de l'Allée des Veuves.

Pour un instant, j'interromps ma mission d'historien afin de proclamer bien haut la noblesse de cœur de tous les MM. Clary. Il m'est doux de rappeler que c'est avec tous les ménagemens de l'urbanité la plus parfaite, de la délicatesse la plus exquise et de l'amitié la plus dévouée, que cette bonne et charmante famille m'ouvrit sa maison, rue d'Anjou-Saint-Honoré; j'en devins l'hôte et le commensal;

et le dévouement dont si souvent j'ai reçu des preuves, la sincère affection dont ils m'ont honoré, sont des souvenirs qui *resteront* éternellement gravés dans mon cœur. Les hommes changent souvent avec les événemens ; les MM. Clary sont demeurés fidèles à la loyauté de leurs sentimens pour moi, et c'est avec bonheur que j'exprime ici toute l'affectueuse reconnaissance que je leur conserve. Je leur dois encore de m'avoir fait connaître M. Durand de Saint-Amand, maire du 1er arrondissement. A cette époque de misère, il voulut bien me confier des bons de vivres dont je complétais moi-même l'inscription laissée en blanc. J'attribuai ces secours aux plus nécessiteux des gardes municipaux, dont la position était généralement plus que navrante. Et cependant, la mairie me demanda plus tard des explications pour avoir attribué à une seule personne une certaine quantité de ces bons. C'était à la veuve et aux trois enfans d'un maréchal-des-logis du quartier Mouffetard, lâchement assassiné rue Grénetat par un gamin qui le tua d'un coup de pistolet à la gorge, au moment où le sous-officier se retirait avec sa troupe vers son quartier.

M. Justinien Clary avait été chargé par le général Duvivier de présider à la formation des deux premiers bataillons de la garde mobile. Il me choisit pour remplir les fonctions de chirurgien-major, et, pendant huit jours je fus occupé à visiter, sans trop d'exigence, les hommes, les enfans qui se présentaient à la caserne de l'Assomption pour être enrôlés. J'en acceptai deux mille au moins, mais j'en rejetai plus de cinq à six mille, parmi lesquels on comptait des vieillards qui venaient s'offrir comme volontaires, ou pour mieux dire pour avoir du pain. Le choix des officiers se fit à l'élection. M. Clary fut à l'unanimité nommé commandant du 2⁰ bataillon, et je fus alors définitivement attaché à cette portion du corps. Toutefois, me trouvant le seul officier de santé légalement nommé, je donnai mes soins à la totalité des bataillons en qualité de chirurgien, je dirais presque en chef; et cette position, je la devais non-seulement à mes fonctions, mais à *la confiance que tous me témoignaient.* L'état-major se trouvant place Vendôme, j'assistais aux diverses réunions nécessitées par le service.

Je recevais depuis quelque temps de petites sommes destinées à venir en aide aux gardes municipaux, dont je dépeignais la misère. Comme je ne voulais pas me charger seul de la distribution de ces secours, je priai M. le colonel Edgard Ney de prendre jour pour opérer ensemble. La somme se montait à 800 francs environ. M. Ney, la jugeant insuffisante, ouvrit des quêtes. Devenus mes connaissances, les membres du jockey-club, touchés comme moi de la position fâcheuse des gardes, me secondèrent de tous leurs efforts, et, à l'instigation du brave Ney, M. Dillon, le prince de Wagram, les princes de Beauveau, les Breteuil, Delâge, les MM. Clary, etc., apportèrent leurs offrandes. Le chiffre atteignait presque 3,000 francs. Il fut alors convenu, entre M. Edgard Ney et moi, que nous commencerions à distribuer une partie de ces fonds aux gardes que leurs blessures retenaient dans les hôpitaux civils et militaires, ainsi qu'à leurs familles, qu'une profonde gêne affligeait.

Pendant ces pérégrinations, faites dans un but de charité et toujours en compagnie de M. Edgard Ney, nous étions arrivés à la caserne des Minimes, lorsqu'un sergent de

ville vint me prévenir que Caussidière me mandait près
de lui. Je proposai à M. Ney de m'accompagner, mais il
me répondit avec une répugnance marquée :

— « Mon cher, je n'ai ni ne veux avoir rien à démêler
« avec ce particulier ; trouvez bon que j'évite toute espèce
« de relations avec lui. »

Je m'étais heureusement nanti d'une liste (et elle était
longue) contenant la désignation des ménages auxquels
nos soins étaient affectés. Je me rendis à la préfecture
de police, où je trouvai le général Ordener qui licen-
ciait la garde municipale, et le colonel Lardenois qui,
bien que dépossédé de sa position, assistait à ces opé-
rations pour fournir les renseignemens nécessaires. Le
colonel, qui comprenait bien, lui, la cause toute philan-
thropique de mes démarches, s'empressa d'exprimer au
général Ordener la loyauté de mes intentions. Convaincu
alors de la pureté de mes actes, le général m'invita à
passer chez Caussidière afin de le renseigner moi-même
sur ce qui le préoccupait d'une façon si étrange.

Je dois rappeler ici un fait qui confirmera, après tant
d'autres, les sentimens généreux qui animent l'armée, et
qui montrera la délicatesse d'un sous-officier de la garde
municipale à cheval. Cet infortuné, que nous avions trouvé
à l'Hôtel-Dieu, était mutilé par la triple amputation des
deux bras et d'une cuisse. A l'offre de nos secours, il
refusa et nous dit :

— « Mon Dieu, je n'ai plus que quelques instans à vivre;
« cet argent deviendrait après moi la proie des infirmiers;
« gardez-le et donnez-le aux ménages désolés de mes
« infortunés camarades. »

Ces paroles m'émurent vivement, et ce fut les yeux

mouillés de larmes que je me penchai sur le lit du pauvre moribond pour l'embrasser affectueusement. Le soir, il n'existait plus.

J'arrivai chez Caussidière. J'attendis longtemps avant d'être présenté à ce tribun élevé sur les débris encore fumans de l'émeute; une foule ignoble, de ces figures rébarbatives et sales, sur lesquelles on lit le stigmate du crime et de la honte, s'agitait là en tous sens. Enfin, un personnage borgne, à jambe de bois, un des aides-de-camp sans doute de Caussidière, vint me chercher pour m'introduire dans son cabinet. L'accueil de celui-ci fut on ne peut plus brutal. Je devais m'y attendre.

— « Vous êtes le docteur C......, me dit-il. » Sur ma réponse affirmative, il ajouta :

— « Je suis instruit par ma police que, poussé par
« vos coréligionnaires du faubourg Saint-Germain, vous
« distribuez des fonds aux gardes municipaux, et que votre
« but est de préparer la contre-révolution. Mais je veille
« et j'ai cent mille hommes prêts à vous écraser tous, à
« la moindre manifestation contraire au parti du patrio-
« tisme et de la liberté. »

— « Un pareil déploiement de forces, répliquai-je,
« serait inutile. Je ne suis pas un conspirateur; j'accom-
« plis une œuvre de bienfaisance et de charité, et quant
« à mes actes, ils sont complètement étrangers à la
« politique. »

Dans cet entretien, Caussidière ne prononça point les paroles qu'il a fait insérer dans ses mémoires : « Le
« rôle de sœur de charité ne va pas à vos moustaches
« noires; » il me somma tout bonnement de lui verser les fonds dont j'étais encore dépositaire. Je refusai, bien en-

tendu, mais je m'engageai sur l'honneur à cesser ces distributions, du moment qu'elles donnaient quelqu'ombrage à la police, et qu'elles pouvaient provoquer des troubles. Le reste des fonds, que M. Edgard Ney et moi n'avions pu distribuer, fut déposé chez les MM. Clary, entre les mains de la belle-sœur de M. le prince de Beauveau et de Mme la princesse de Wagram ; ces dames, munies de la liste que j'avais conservée, continuèrent de porter des consolations et des secours aux ménages signalés.

En terminant cet entretien, remarquable surtout par la rudesse des formes qu'il y mit, Caussidière donna l'ordre à M. Hédouin, l'un des chefs de la police, de dresser un procès-verbal de mes déclarations et de le transmettre à M. Jatton, juge d'instruction. L'adieu qui compléta mon interrogatoire fut celui-ci :

— « Prenez garde, j'ai l'œil sur vous. »

J'étais sans doute sous la surveillance de la police.

Quinze jours après, je reçus une citation pour comparaître devant M. Jatton. Là, je rencontrai une centaine de personnes qui, comme moi, fréquentaient le restaurant d'Orsay, et qui étaient assignées aussi pour donner des éclaircissemens sur mon compte à divers titres. M. Jatton se montra plein d'aménité quand mon tour arriva, et m'exprima son obligeance à peu près en ces termes :

— « Je ne vous ai point fait appeler comme accusé, monsieur ; les renseignemens que j'ai sur vous sont trop en votre faveur pour que vous ne soyez pas au-dessus d'une accusation ; seulement, il est de mon devoir, tout en vous louant des œuvres que vous avez accomplies, de vous engager à vous tenir sur la réserve, afin d'éviter les fâcheuses interprétations que l'on donnerait à vos actes. »

Pendant tous ces ennuyeux débats, l'amitié bien sincère de M. le commandant Justinien Clary veillait activement sur moi, et je fus bien agréablement surpris, en sortant, de le trouver attendant l'issue de mon interrogatoire. Il était venu, accompagné d'une quinzaine d'officiers du bataillon, bien décidé, me dit-il, à ne pas me laisser entre les griffes de mes persécuteurs, et à employer la force s'il le fallait, pour me retirer de leurs mains.

Les fréquentes visites des anciens gardes municipaux qui, me croyant encore possesseur de grandes sommes d'argent, venaient me demander du pain ou les moyens d'en avoir; les dispositions peu bienveillantes du concierge dont j'ai parlé plus haut; la surveillance dont j'étais l'objet, avaient inspiré des craintes à M. de Saint-Loup. Il vint donc un jour m'offrir d'aller passer quelque temps à Chartres, chez Mme Rouillard de Bauval, sa mère, afin de laisser les choses se calmer et me mettre à même d'éviter toute manifestation qui pût m'être fâcheuse. Depuis longues années, j'avais pu apprécier toute la bonté de la mère de mon ami, et je savais, à n'en pas douter, la grâcieuse hospitalité qu'elle m'offrirait. Touché de ces avances, que cependant je n'acceptai point, je me décidai à aller loger près de M. de Saint-Loup, rue d'Amsterdam. Ce nouveau domicile m'offrait des avantages multipliés. Je me rapprochais de mes bons amis les MM. de Clary, et sous le double rapport des exigences de mon service (le bataillon occupant la caserne de la Pépinière), et de mes relations d'amitié, je ne pouvais avoir fait un meilleur choix.

Un jour, je vis arriver un nouveau visiteur. La rondeur de son esprit, son caractère loyal et franc jusqu'à la brusquerie, cette désinvolture morale qui séduit quiconque

l'approche, me firent ardemment désirer de me concilier
son estime et son affection. Ce visiteur n'était autre que
le prince Murat, si recommandable par lui-même, et si
glorieusement illustré par le souvenir prestigieux de son
père. Au bruit des dangers qui menaçaient la France, il
avait aussitôt quitté New-York pour offrir à son pays le
concours de sa loyale bravoure. J'étais le compatriote de
son auguste père ; tout cela explique combien j'étais en-
traîné vers lui. Que de fois je le vis, plus tard, au milieu
de la discussion, se ranger toujours au parti de son cousin,
le prince Louis-Napoléon, alors que rendant une éclatante
justice à des sentimens que nous savons être pleins de
noblesse, il prenait la défense du chef de l'Etat continuel-
lement en butte aux agressions, aux sourdes menées des
factions divisées ! J'eus le bonheur d'exciter ses sympathies, et je m'honore si haut de son amitié, que je relate
glorieusement l'offre qu'il me fit de considérer sa maison
comme la mienne, et je puis ajouter qu'il n'a jamais
épargné pour moi les éclatans témoignages de son intérêt.

A cette époque, un arrêt de Ledru-Rollin dissolvait la
garde nationale pour la réorganiser sur de nouvelles bases:
On supprimait les compagnies d'élite. Quel grand pas vers
l'égalité !... Cette décision avait indisposé quelques esprits,
et dans l'intention de protester, mais sans démonstration
violente, la 1re légion se porta, sans armes, vers l'Hôtel-
de-Ville. Cette démarche fut qualifiée de protestation
des bonnets à poil. Aux premiers bruits de cette expédi-
tion, comme le danger rapproche toujours les distances,
comme on sait qu'un militaire, un méridional au caractère aventureux, peut souvent être utile, le prince Marc
de Beauveau et son fils Etienne me prirent le bras, et

nous marchâmes de concert. Jusqu'au Pont au Change, nous n'éprouvâmes aucune difficulté ; mais là , une cinquantaine d'hommes , apostés par le gouvernement provisoire, instruit de l'arrivée de la 1re légion , essaya de s'opposer à notre passage au moment où la tête de colonne débouchait sur le quai. Le général Courtais, renchérissant sur l'opposition faite à la légion, interpella les plus avancés d'une façon peu convenable sur l'inopportunité de leurs démarches. Quelques gardes nationaux s'avancèrent et mirent fin à ses vociférations en le dépouillant de ses insignes et de son épée, sans toutefois qu'il lui fut fait aucun mal. Voyant que cette tentative ridicule n'avait aucun caractère de gravité , je quittai mes compagnons et entrai au café de la place du Châtelet. Je regardais, assis sur une chaise , la fin du mouvement, quand un drôle se mit à crier près de moi : « Mort aux aristos ! A bas la 1re légion ! Vive la République démocratique et sociale ! » Le dominant par ma taille , je l'étreignis violemment au cou , en criant à mon tour : « Meure la canaille comme toi , et vivent les honnêtes gens ! » Cet incident fit grossir les groupes qui m'environnaient , et je fus au moment de courir un danger réel. Heureusement pour moi , M. le comte de Fenouil , qui se trouvait à proximité , me saisit et m'entraîne , puis me fait sortir par les derrières de la maison , que je quittai pour me rendre chez moi.

16 AVRIL.

Quelque temps après, le gouvernement eut à lutter contre les tentatives insurrectionnelles de Cabet. J'étais à l'Hôtel-de-Ville vers onze heures du matin avec mon bataillon, qui arrivait des premiers pour s'opposer aux efforts des cabétistes. Nous attendions, dans le grand salon, le commandant Clary et moi, et successivement arrivèrent MM. de Lamartine, Marrast, Louis Blanc et tous les membres du gouvernement provisoire. Là, je rencontrai le général Changarnier, qui s'enquit de ma présence ; il se souvenait que j'avais, en Afrique, partagé ses fatigues et ses dangers. Je lui appris que j'étais attaché à la garde mobile ; lui, de son côté, m'annonça qu'il venait offrir au gouvernement le secours de son épée contre les tentatives de désordre qui paraissaient vouloir se renouveler. Cette fois, du moins, ces tentatives durent échouer devant la masse compacte des bataillons mobiles et de la garde nationale, qui se groupèrent autour du pouvoir dans la crainte de voir retomber le pays dans les fureurs de l'anarchie. Les cabétistes furent obligés de se disperser sans autre manifestation que leurs vociférations proférées à la plus grande gloire de la République démocratique et sociale. Ainsi se termina cette journée, qui prendra rang dans l'histoire de l'époque, et dont les résultats auraient pu être bien plus graves sans l'attitude énergique de nos bataillons et des légions nationales.

La contenance du 2ᵉ bataillon et l'énergie du brave M. Clary furent cause que nous restâmes, à l'instigation de MM. de Lamartine et Marrast, pendant cinq à six jours à l'Hôtel-de-Ville. Ce fut dès-lors à notre bataillon que l'on confia le plus souvent les postes les plus importans, tels que la garde des ministères de l'intérieur, des finances et des affaires étrangères ; les autres bataillons mobiles ne virent même pas sans un certain sentiment de jalousie cette préférence qu'on nous accordait.

Pendant tout le temps que nous restâmes à l'Hôtel-de-Ville, il est inouï de dire à quel dégoûtant spectacle de débauches et d'orgies nous assistâmes. Maîtres absolus, les séïdes de Caussidière nageaient dans le vin et les boissons de toute sorte; la table était mise à perpétuité pour ces brutes dont la voracité égalait l'intempérance ; le terme de leurs libations n'arrivait que lorsqu'ils roulaient sur le parquet. Un pareil spectacle soulevait le cœur de dégoût, et comme malgré tout il fallait vivre, c'était d'habitude à un restaurant voisin de ces saturnales que j'allais prendre mes repas, à moins que le commandant Clary ne m'offrit de l'accompagner dans sa voiture et d'aller chez lui partager son dîner.

Sur ces entrefaites, le colonel Charras, ministre intérimaire de la guerre, appela au commandement de la garde mobile le général Tempoure, commandant à Poitiers. Il venait remplacer le général Duvivier, nommé représentant du peuple. Mes fonctions et mes relations en devinrent plus agréables encore. J'avais connu le général en Afrique; il était mon compatriote : à ce double titre, j'avais lieu d'être satisfait de ces dispositions. Il vint habiter le Palais-Royal, où l'état-major de la garde mobile fut installé. Seul docteur légalement nommé, j'allais tous les jours au rapport, et ce m'est un agréable souvenir de rappeler l'accueil plein d'estime et d'affection qui m'était fait par les officiers de l'état-major. Leurs bonnes dispositions, et notamment celles de MM. Loverdo frères, de l'infortuné Mangin, etc., et de M. l'intendant Villemain, chargé de la surveillance administrative, ont laissé dans mon cœur de profondes traces de reconnaissance.

A cette époque, ma position était pleine de doute et d'embarras. La guerre, lorsque je m'adressais à ses bu-

reaux pour toucher mes appointemens, me renvoyait à
l'intérieur, m'objectant que j'étais nommé par ce déparment. L'intérieur me renvoyait à la guerre, alléguant que
l'organisation de la garde mobile, bien que préparée, n'était pas définitivement complétée. Cet état de choses dura
depuis le mois de février jusqu'en juin, époque à laquelle
je passai au 24e léger, et où le rappel de mon arriéré
fut établi.

15 MAI.

Le 15 mai, nous apprîmes qu'une foule considérable
se dirigeait vers l'Assemblée nationale dans le but apparent
de faire une motion en faveur de la Pologne, mais en réalité avec le dessein de renverser le gouvernement. L'ordre fut donné aux bataillons organisés de se rendre sans
délai aux Champs-Elysées pour maintenir la tranquillité.
Ici, je dois rappeler que le général Tempoure n'était pas à
la tête de la garde mobile. Cette réflexion n'a pas pour
objet d'incriminer la conduite du général, c'est un fait
que je cite. Il a du reste expliqué par suite de quelles circonstances il avait été poussé à l'Assemblée nationale, et
comment il se faisait qu'il n'avait pu marcher avec nous.
Le désordre était au comble : l'Assemblée avait été envahie
par cinq ou six cents énergumènes ; les représentans
avaient été chassés de leurs bancs. Hubert, qu'il me semble encore voir, après la fermeture des portes et des grilles,
se montrait accoudé sur la clôture extérieure, en face du
pont, et criait de sa voix de Stentor à la populace ameutée, que l'Assemblée était dissoute. Dans cette occurence
difficile, le commandant Clary, prenant l'initiative, péné-

tra dans les corridors, assisté d'une partie du bataillon et de quelques gardes nationaux de la 10ᵉ légion, dispersa les perturbateurs et rétablit l'ordre. Au moment où nous entrâmes dans la salle, il n'y avait guère que vingt ou trente représentans. Le calme une fois rétabli par la démonstration énergique de M. Justinien Clary, l'Assemblée rentra en séance ; Barbès et Blanqui se mirent alors à la tête des factieux et se dirigèrent sur l'Hôtel-de-Ville, dans l'intention de l'occuper. Repoussés par le commandant de ce poste, ils revinrent sur leurs pas, et toute cette foule arriva un peu décontenancée de l'insuccès de sa démarche.

Le 2ᵉ bataillon était campé dans le jardin de l'Assemblée avec quelques autres dont je regrette de ne pouvoir citer le numéro. Tout-à-coup, j'aperçus une longue ondulation causée par le mouvement de la foule, et, au moment où je m'approchais, un cantinier m'avisant, s'écria :

— « Venez, major, on assassine de ce côté. »

Je vis en effet des soldats de la garde mobile qui cherchaient à se ménager le terrain pour jouer de la baïonnette. Louis Blanc, les cheveux en désordre, la figure décomposée, les vêtemens en lambeaux, était assailli de tous côtés. Là encore, j'obtins un peu de répit par mon influence morale sur ces jeunes gens, et, prenant Louis Blanc sous le bras, je l'entraînai loin du danger, non sans lui adresser quelques vertes remontrances sur les résultats que ses discours avaient provoqués pendant ces temps de révolutions. Arrivé près de la salle, je lui montrai les boutons de la garde municipale que j'avais conservés, et le conduisant dans l'intérieur, je lui dis ces seuls mots :

— « Vous voyez, c'est un garde municipal qui vous sauve la vie. »

Je le poussai vigoureusement dans la salle ; il venait d'échapper à une mort presque certaine. Je vis alors un fait qu'il est de mon devoir de signaler comme honorant ceux qu'il intéresse : MM. de Falloux, Ledru-Rollin, de Mornay, de Lamartine, et le prince Murat, s'étaient portés de leur personne à la tête de quelques bataillons et d'une légion de la garde nationale, la 10e, je crois, pour s'opposer aux tentatives des insurgés. Je fus témoin de leurs efforts pour rétablir le calme.

Au moment où le 2e dragons, débouchant du quai d'Orsay, arrivait en criant : « A bas les factieux ! Vive l'Assemblée nationale ! » le général Courtais se trouva encore une fois l'objet d'une démonstration hostile. Plusieurs personnes s'étaient précipitées sur lui, ses épaulettes avaient été arrachées ; son épée allait encore lui être enlevée, quand, en se débattant, il atteignit de son fer un homme placé près de lui. On vint aussitôt me chercher dans le jardin pour lui donner des soins, et je pus m'assurer que la blessure n'avait aucune gravité. Le général fut gardé jusqu'au soir prisonnier à l'Assemblée.

Au moment où j'étais mêlé à la foule, quelques mobiles aperçurent mes boutons de la garde municipale, et commencèrent à m'interpeller d'une façon qui pouvait me faire croire que ces insignes leur inspiraient quelque défiance. Je me disposais à leur expliquer pour quelle raison je n'avais point encore changé ces marques de mon ancien corps, lorsque de jeunes mobiles de mon bataillon ne me laissant pas le temps de répondre moi-même, se portèrent garans de ma personne en disant à tous :

— « Ces boutons ne sont que la devise de l'ordre, et

si notre docteur les porte, cela n'empêche pas son dévouement et son affection pour nous ; il ne conspire pas,
lui, il nous soigne et nous panse. »

22 JUIN.

Le 22 juin, le général Cavaignac, nommé par l'Assemblée Nationale au commandement en chef de l'armée,
convoqua toutes les troupes de la garnison de Paris ainsi
que les gardes mobiles, et nous vînmes prendre position
aux Champs-Elysées et sur la place de la Concorde. Dans
l'après-midi, le général Damesme, se mettant à notre
tête, nous conduisit par la rive gauche de la Seine au
palais du Luxembourg, que nous occupâmes en attendant.
La dissolution des ateliers nationaux avait réveillé l'effervescence populaire, et l'insurrection menaçait encore
d'ensanglanter la capitale. Le soir, un grand nombre de
blessés, insurgés et mobiles, nous furent amenés, et nous
apprîmes que le bataillon qui nous avait précédés dans le
quartier Saint-Jacques avait été fort maltraité. Le théâtre
de l'engagement était la place de la Sorbonne, dont toutefois les avenues étaient restées libres, à l'exception de
la rue Saint-Jacques, où s'élevaient de formidables barricades. Le général Damesme nous conduisit devant la
Sorbonne, où le bivouac fut établi auprès de grands feux.
Nous entendions toujours le bruit de la fusillade aux alen-
tours. Vers minuit, un garde mobile vint me supplier
d'aller donner mes soins à un officier de la 12e légion,
grièvement blessé lors du combat engagé avec les insurgés conjointement avec le bataillon mobile que nous étions
venu remplacer. Cet officier avait pris rang dans un ba-

taillon de la ligne pour faire le coup de feu. Le général Damesme, près duquel je me trouvais, en entendant la prière du jeune garde, dit aussitôt :

— « Comment, tu veux que le docteur aille se fourrer au milieu des barricades par une obscurité complète ? Docteur, dit-il en se tournant vers moi, vous m'êtes ici trop utile, je vous défends d'y aller. »

Je demeurai. Deux heures après, mon jeune garde revint à la charge :

— « Major, ça vous fendrait le cœur, tant il souffre : venez, je vous conduirai de manière à ce que nous ne soyons pas découverts. »

Emu par l'insistance de cet enfant, je fis taire les impérieuses obligations de la discipline en faveur d'un devoir d'humanité, et je le suivis. La rue Saint-Jacques était fermée par une barricade élevée près du Collège de France. Nous prîmes les derrières de la Sorbonne, et, arrivés à la maison où gisait le blessé, mon petit mobile frappa. Le concierge, qui était un vieillard, vint ouvrir, une lampe à la main ; craignant le rayonnement de cette lumière, le garde l'éteignit d'un coup de poing, et sa main rencontra le portier qu'il culbuta en même temps.

Le blessé était cruellement atteint ; une balle avait labouré le bras droit dans toute sa longueur, et le premier pansement, consistant en l'application d'une simple bande roulée, avait fait boudiner le membre. L'inflammation était horrible, les douleurs atroces. Je coupai de suite ce premier appareil et pansai M. de Cormélitz, employé supérieur à l'entrepôt et lieutenant dans la 12e légion. Il me demanda mon nom :

— « Mon Dieu, à quoi bon vous le dire ; j'espère que

demain nous serons maîtres de la position , et mes camarades ou moi viendrons vous donner des soins. »

Avant de sortir et de nous engager dans la rue, comme
je me disposais à franchir la porte, mon généreux guide
me dit :

— « Laissez-moi passer le premier , major ; si nous
sommes vus , on tirera sur nous ; mieux vaut que je sois
frappé que vous. »

Nous passâmes néanmoins inaperçus , n'entendant de
ce côté de la barricade que le bruit de nos pas et le frô-
lement de nos habits , et nous revînmes au bivouac.

23 JUIN.

Le lendemain , vers huit heures du matin, nous étions
massés dans la rue de Cluny et serrés contre les maisons
pour laisser le passage libre aux boulets qui frappaient
les barricades. D'une fenêtre placée en face de la maison
d'un marchand de liqueurs , un coup de feu partit inopi-
nément et vint blesser un garde à mes côtés. Ce fait nous
paraissait d'autant plus extraordinaire qu'aux premiers
étages de cette maison d'où était parti le coup , des officiers et des gardes mobiles tiraient sur les insurgés qui
occupaient des maisons un peu plus éloignées. Le général Damesme me dit alors :

— « Mais que diable signifie cela ? Montez donc avec
quelques hommes et voyez, docteur, ce que c'est. »

Je partis avec cinq ou six mobiles, et pendant qu'ils
fouillaient les étages supérieurs, trois insurgés, se faisant
la courte échelle , cachés par un devant de cheminée,
s'apprêtaient à fuir par les toits. J'appelai mes hommes,

qui s'emparèrent de ces forcenés. Ils étaient porteurs de pistolets, de cartouches, et avaient tiré placés derrière une persienne. Les gardes allaient en faire prompte justice, mais je les engageai à les conduire devant une commission qui siégeait en permanence au palais du Luxembourg.

Le général Lamoricière opérait en marchant de la Seine vers les points les plus élevés de la rive gauche, tandis que la colonne Damesme, avançant de haut en bas, combinait son action avec la première. Nous avions déjà enlevé deux barricades, et j'étais occupé à soigner des blessés à l'ambulance établie au cloître Saint-Benoit, quand on vint réclamer les secours de mon art pour les malheureuses victimes déposées dans une maison de la rue Galande. Le général Damesme eut encore la bonté de s'enquérir du lieu où l'on me mandait, et de s'opposer à ce que j'allasse dans cette rue où la fusillade était très vive. L'envoyé qui me réclamait nous affirma que les insurgés me laisseraient le passage libre, parce qu'ils savaient que c'était particulièrement pour un élève de l'École Polytechnique grièvement blessé qu'on me fesait appeler. Quand j'arrivai, je trouvai ce jeune homme, fils d'un sous-commandant de l'Ecole, lieutenant-colonel d'artillerie, mortellement atteint d'une balle qui avait traversé l'épaule et la poitrine. Mes soins furent inutiles, il expira peu d'heures après. Je fus fort étonné de trouver dans la même chambre une vingtaine d'insurgés très grièvement blessés, que je m'empressai de panser aussi.

Le nombre des victimes augmentant, je fus obligé d'établir une seconde ambulance, afin de ne pas remonter aussi haut dans la rue Saint-Jacques. J'étais à l'ambulance lorsqu'on vint me dire que le commandant Clary était atteint lui-même. Je me précipitai, au moment où il arrivait porté par quatre mobiles, et tenant encore à la main un drapeau qu'il venait d'enlever sur une barricade de la place Maubert. Le commandant Clary n'est pas un tacticien ni un militaire dans ce que l'acception du mot embrasse de plus large, mais c'est un de ces hommes à nature énergiquement trempée, froid dans le danger, irrévocablement décidé dans ses actes. Sans ordre supérieur, ne consultant que son courage, à la tête d'une poignée de mobiles, il était monté à l'assaut d'une barricade et avait enlevé le drapeau qu'il ne quittait pas. Une balle l'avait frappé au pied ; mais quand je parlai de le faire transporter chez lui, il refusa, disant que sa blessure ne lui paraissait pas assez grave pour qu'il ne pût monter à cheval et rester à la tête de son bataillon.

Une pièce de canon était braquée au coin de la rue Soufflot et tonnait contre les insurgés retranchés dans le Panthéon, pendant que le 24ᵉ léger fusillait de son côté ; j'étais adossé à une maison de la rue des Grès, où les gardes mobiles répondaient au feu qui partait de tous côtés. Tout-à-coup je vis s'avancer seule une dame que je reconnus pour Mᵐᵉ Leroy, femme d'un notaire d'Alger. Je l'attirai en m'effaçant le long des murs, et lui exposai le danger qu'elle courait :

— « Oh ! monsieur, dit-elle, on voit bien que vous n'êtes pas père ; mon cœur m'appelle auprès de mes enfans au collège Sainte-Barbe ; il faut que je les voie, et j'y vais. »

Je ne pouvais la laisser aller seule ainsi. Lui ayant offert mon bras, je traversai la place du Panthéon et ne la quittai que lorsqu'elle eut franchi la porte du Collège. Nous avions littéralement marché au milieu du feu, et je me croyais tellement certain d'être blessé, qu'avant de me mettre en marche en compagnie de cette courageuse mère, je tournai mon regard vers le ciel. Mes craintes étaient d'autant plus fondées que d'une fenêtre que je vois encore flamboyer dans les constructions alors inachevées de la Bibliothèque Sainte-Geneviève, derrière l'Ecole de Droit, un homme qui s'était abrité à l'aide de quelques chevrons avait tué ou blessé une vingtaine de gardes. Son dernier coup frappa mortellement à mes côtés le capitaine Bernard, officier instructeur délégué dans le bataillon.

L'engagement continuait toujours ; le canon grondait et foudroyait les portes du Panthéon pendant que le 24e léger soutenait la fusillade de son côté. Vers midi, fatigué de ne rien voir se décider, le général Damesme fit battre la charge, et les troupes s'avancèrent au pas gymnastique pour enlever la position. Les insurgés ne résistèrent pas ; ils disparurent par la porte de derrière de l'édifice, gagnèrent le collège Henri IV ou la rue Constrescarpe, et se disséminèrent pour aller se retrancher derrière les barricades les plus voisines. Il n'en fut tué qu'un petit nombre. L'enlèvement du Panthéon avait excité l'enthousiasme des mobiles ; ce point important de l'insurrection une fois enlevé, l'idée d'une victoire complète souriait à tous. Le général Damesme, avec lequel je marchais, ayant appris dans ce moment qu'une barricade s'était élevée dans la rue de Fourcy, m'invita à aller avec quelques mobiles m'assurer du fait. Au moment où je le quittais, un ancien capitaine en retraite, revêtu de son uniforme, s'approcha en me disant qu'il

3

venait apporter son contingent à la cause de l'ordre. Pendant que je lui donnais quelques renseignemens, au moment même où le général tournait à gauche pour gagner la rue Contrescarpe, un coup de feu parti d'un grenier frappa ce pauvre officier : une balle lui fracassait l'épaule et lui traversait la poitrine. « Je suis mort, » s'écrie-t-il, et me saisissant par le bras, il faillit m'entraîner dans sa chûte. Je le conduisis à l'ambulance, établie sur la place même du Panthéon, chez le colonel Reiss. Il expira peu de temps après. Je regrette de ne pouvoir perpétuer le souvenir de cet acte de patriotisme en citant le nom de ce brave et malheureux capitaine.

Je rejoignis le général. Une barricade était en effet dressée dans la rue de Fourcy. « Réunissez, me dit-il, quelques-uns de nos mobiles, afin de marcher à l'enlèvement de cet obstacle. »

Je me retourne ; un coup de feu retentit :

— « A moi, C......, » crie le général, frappé d'une balle qui l'avait atteint au tiers supérieur de la cuisse gauche.

Je me précipite pour le soutenir et amortir sa chûte ; mais à peine était-il tombé qu'une grêle de coups de fusil pleut sur nous. Échappé par miracle et aidé de quelques mobiles, je transportai le général sous le porche de l'institution Jubé. M. Farey, détaché du 9e léger comme capitaine instructeur dans un des bataillons mobiles, apprenant la blessure du général, s'élance sur la barricade en jurant de le venger ou de mourir. Fidèle à son serment, ce brave jeune homme, plein de courage et d'avenir, est frappé d'une balle au cœur. On l'apporte près du général, mais l'art n'avait plus rien à faire : il était mort.

Après avoir constaté une fracture comminutive très grave du fémur gauche, je me disposai à faire transporter mon infortuné général sur un brancard au Val-de-Grâce. La rue Saint-Jacques était occupée par les insurgés, et pour éviter de tomber entre leurs mains, je dus gagner la place Saint-Michel et le Luxembourg pour arriver à l'hôpital par l'avenue de l'Observatoire. Là, je m'arrêtai pour laisser prendre haleine à mes porteurs; enfin nous arrivons. MM. Baudens, Larrey et Lévy reçurent le blessé; pour procéder à l'examen de la blessure, on le chloroforma; l'appréciation établie, M. Baudens, s'adressant à moi, me dit:

— « Mon cher, le cas est des plus graves; il faut annoncer au général, sitôt qu'il aura repris ses sens, que l'amputation est indispensable. »

Trop violemment ému, je déclinai pour mon compte la possibilité de faire moi-même au général cette douloureuse révélation. M. Baudens se chargea alors de ce soin.

Le général conservait toujours sa main dans la mienne. Sitôt qu'il eut connu la décision de ces messieurs, qui jugeaient l'élimination nécessaire:

— « Eh bien! messieurs, dit-il avec beaucoup de sangfroid, procédez à l'élimination; l'affection de mon brave ami C...... l'a empêché de me signaler l'horreur de ma position; cette précaution est le fait d'un cœur bien dévoué.

Au moment où l'opération dut commencer, incapable de maîtriser l'émotion qui me gagnait, je me retirai sur le balcon où je pus librement laisser couler les larmes que méritait le triste sort du général Damesme.

Mon trop modeste et savant ami, M. le professeur

Larrey, tenta d'atténuer ma douleur par quelques paroles consolatrices.

Dire que l'opération fut faite par le professeur Baudens, c'est affirmer en même temps qu'elle fut conduite selon les règles les plus parfaites de l'art, de l'habileté et de la science.

Il était expressément défendu de troubler le repos du général ; toute secousse, toute émotion devait être soigneusement écartée ; personne ne pouvait le visiter. La sévérité de cette consigne n'était tempérée que pour moi qui cherchais à lui prodiguer des paroles de consolation et d'espérance. Le général Lafond de Villiers partageait avec moi cette faveur : il avait servi dans ces cruelles journées, quoique opérant d'un autre côté, sous les ordres de Damesme ; sa bravoure et ses connaissances avaient renouvelé dans les rues de Paris, pendant ces funestes journées, les actes remarquables qui l'avaient déjà signalé en Afrique. M. Damesme ne recevait que nous deux, et se croyant encore mon débiteur pour des soins si largement payés, cependant, par son estime et son amitié, il voulut me donner un nouveau témoignage de ses bons sentimens. Il chargea le général Lafond de Villiers de rendre compte au général Lamoricière, alors ministre de la guerre, de la conduite que j'avais tenue à ses côtés et des égards que j'avais toujours eus pour lui pendant les pénibles journées que nous avions traversées ensemble. Dans l'intimité de nos visites, le général Damesme me dit ces quelques paroles dont j'ai conservé le souvenir :

— « Mon pauvre docteur, avec des troupes si peu exercées au commandement, les chefs seront toujours les plus exposés et sans espoir de grands avantages.

J'allai rendre compte au commandant Clary du malheur arrivé au général Damesme, et l'informer des résultats de l'opération. M. Clary me donna son cheval et m'invita à me rendre près de M. Récurt pour lui faire part de cet événement. Le ministre de l'intérieur me fit l'accueil le plus bienveillant et me pria de continuer ma mission en allant prévenir le général Cavaignac de la position de M. Damesme. Je lui fis remarquer que le grand nombre de blessés que j'avais laissés au Panthéon réclamait impérieusement mes soins, et je le priai de me dispenser d'aller voir le général Cavaignac ; M. le ministre de l'intérieur, appréciant ces motifs, m'engagea à retourner sans délai à mes ambulances, se chargeant du soin d'en informer lui-même le général.

Dans le cours de mes visites au général Damesme, j'eus l'honneur de rencontrer sa femme, qui était sur le point d'être mère ; on avait cherché, dans les premiers temps, à ménager sa susceptibilité ; mais elle avait puisé dans les ressources de la religion la force suffisante pour résister à de si violentes émotions.

Au moment où le général avait reçu sa blessure, le colonel de Neuilly avait été nommé au commandement du Panthéon. (Tout dernièrement, il est mort d'une bien regrettable manière.) Il était à peine installé, lorsqu'arriva le colonel Sauboul, réclamant ses droits comme commandant le même poste.

— « Mais, colonel, disait M. de Neuilly, vous ne pouvez me déposséder ainsi, je suis ici par l'ordre du général Cavaignac. »

— « Ce n'est pas le colonel mais bien le général Sauboul qui vient d'être nommé à la Bastille sur le champ de bataille. » En même temps, il exhibait sa nomination récemment signée : LE GÉNÉRAL DE LAMORICIÈRE.

Pendant que nous causions, on amena les chevaux du général de Bréa et du capitaine Mangin, son officier d'ordonnance. Ils venaient de périr victimes de cette imprudente et noble loyauté dont le général avait fait preuve en se confiant aux insurgés de la barrière Fontainebleau.

Le combat engagé autour du Panthéon venait de finir, et chacun commençait à se reconnaître. Les habitans se pressaient autour de nous en nous invitant à partager leur repas. Pendant ces momens de repos, je vis apparaître sur la place un individu vêtu presqu'avec recherche, mais dont les mains calleuses et noires et la figure peu sympathique témoignaient que la coquetterie, dans un pareil moment, n'avait qu'ébauché sa toilette. Tout-à-coup, un sous-lieutenant de la garde mobile se précipite sur lui et cherche à l'arrêter. Je m'approchai, avec M. Clary, et nous apprenons que cet homme, chef d'une barricade sur le quai Saint-Bernard, avait voulu la veille faire massacrer l'officier, qui n'avait dû son salut qu'à une prompte fuite. Les dénégations de cet homme se formulaient d'une façon cynique et grossière ; il eût été sans nul doute promptement exécuté, sans l'intervention du général Poncey, commandant de l'école Polytechnique, qui nous dit avoir reçu l'ordre de suspendre les exécutions immédiates, et que cet homme, s'il était insurgé, serait remis à une commission militaire. Mais les gardes mobiles invoquaient la loi du talion ; l'assertion donnée sur l'honneur par leur officier était une garantie suffisante, puisqu'il le reconnaissait parfaitement. On l'entraîna à quelques pas ; il fut dépouillé de sa capote d'uniforme, et une détonation nous apprit qu'il était allé protester devant Dieu de son innocence , ou demander le pardon de ses crimes.

Tous ces événemens, auxquels j'avais été appelé à prendre part, m'avaient fait connaître quelques personnes qui étaient alors au pouvoir. Je fus choisi pour accompagner un convoi de colons que l'on dirigeait sur l'Algérie. Notre trajet se fit toujours par eau et dura 16 jours et 16 nuits, depuis Paris jusqu'à Marseille. Pendant cette longue traversée, je n'eus qu'à me louer de la déférence des émigrans, qui étaient au nombre de 950 ; et si je rendis quelques services à eux ou à leurs familles parfois souffrantes , ils ne m'épargnèrent pas les témoignages unanimes de leur gratitude. Leur reconnaissance alla jusqu'à adresser à la commission chargée du transport des colons parisiens, présidée par M. Trélat , une lettre dans laquelle leurs bons sentimens pour moi se manifestaient encore. Sans vouloir critiquer en rien les actes du gouvernement d'alors , je me suis souvent demandé comment on envoyait pour défricher les terres de l'Algérie , redevenues vierges par un long repos, des hommes habitués à des professions industrielles, mécaniques, faits à la vie sédentaire des ateliers , et complètement étrangers à la vie des cultivateurs. Mais il fallait bien , pour la sécurité de la mère-patrie , éloigner ces têtes volcanisées qui ne rêvaient qu'émeute et combat.

Les péripéties que je venais de traverser m'avaient mis en rapport avec les amis de l'ordre , et fait renouveler les relations que j'avais eues avec les officiers généraux sous les ordres desquels j'avais servi en Afrique. En raison des sympathies que j'étais heureux d'avoir fait naître, j'espérais pouvoir influencer, décider certains votes ; aussi m'appliquai-je à réunir le plus de voix possible en faveur de la candidature de M. le général Changarnier et de M. Fould. J'y réussis un peu. Je dois dire que c'est la seule circonstance dans laquelle je m'occupai de politique, pensant que la cause de l'ordre était celle de tous les hommes droits et honnêtes. Après toutes ces émouvantes péripéties que je venais de traverser, la position incertaine que j'occupais dans ces bataillons mobiles me fit exprimer le désir de rentrer dans l'armée. Vers le 15 juillet 1848, je reçus du ministère de la guerre une commission de chirurgien-major pour le 24e léger, caserné au Luxembourg.

Si ma fortune militaire n'a point grandi à cette époque, j'en ai été largement récompensé par les plus sympathiques démonstrations. D'ailleurs, alors, je n'ambitionnais que la modeste faveur de rester à Paris dans un poste sédentaire.

13 JUIN.

Le bruit d'une nouvelle manifestation se répandit dans la rue de la Paix et sur le boulevard. Ledru-Rollin s'était mis à la tête de quelques braillards, qui furent balayés sans difficulté aucune par le général Changarnier, à l'aide seulement de quelques gendarmes mobiles, pendant que l'instigateur de cette échauffourée disparaissait en fuyant par un vasistas du Conservatoire des Arts-et-Métiers. D'un autre côté, sur la place Saint-Sulpice, le lieutenant-colonel Pascal, de la 10e légion, était sommé d'opérer la restitution de 20,000 cartouches. Soutenu par ses coréligionnaires, il refusa et chercha même à embaucher une compagnie

d'infanterie. Le général Sauboul , plein de confiance en
notre régiment , envoya une fraction du 24e léger pour
terminer l'affaire. Le colonel Pascal fut désarmé ; M. de
Toulongeon , aujourd'hui aide-de-camp de l'Empereur, et
moi , le conduisîmes au Luxembourg, où il fut gardé
à vue.

Sur ces entrefaites , le 24e léger dut quitter Paris
pour Orléans. Il y avait près d'un an que nous occupions
notre nouvelle résidence, quand un autre changement vint
me confirmer que je devais assister à tous les drames de
la République. En effet , la bienveillante amitié du colonel Féray m'appela au 7e lanciers , qu'il commandait à
Melun. Cette grâcieuse distinction de la part du colonel
m'offrait un double avantage. Il savait mon goût pour la
cavalerie, et je me trouvais ainsi en même temps rappro-
ché d'une famille dont j'avais , depuis longues années,
appris à aimer et à vénérer le chef : j'étais près de Mme la
maréchale Bugeaud et de la fille d'une illustration militaire, elle aussi récemment éteinte.

Le 4 octobre 1851 , nous arrivâmes à Paris. Je re-
nouai connaissance avec d'anciens amis , et c'est par eux
que j'appris les déchiremens de l'Assemblée nationale.
Pendant que de sourdes menées préparaient de nouveaux
désordres, le prince Louis-Napoléon, alors président de la
République , convoqua tous les officiers de l'armée au
palais de l'Elysée. Dans ses traits si calmes et si fermes,
dans son regard profond , on devinait le politique habile,
l'homme providentiel que Dieu nous avait réservé ; aussi,
j'éprouvai un véritable sentiment d'admiration lorsqu'il
nous dit :

— « Messieurs, je ne ferai pas comme mes devanciers ;

marchez, disaient-ils, je vous suis ; je vous dirai : je marche, suivez-moi. »

La noblesse d'un pareil langage excita au plus haut
point l'enthousiasme, et tous brûlaient du désir de donner
au Prince des marques de leur sympathie. Pour mon
compte , j'avoue que ces simples mots me révélèrent toute
la valeur de celui que sa destinée appelait à sauver l'Eu-
rope de l'anarchie, et le jugeant par cet appel si loyal, je
me rangeai consciencieusement de son parti. Je savais
que l'on cherchait à diviser l'armée, et dans un pareil danger, se mettre du côté de l'ordre était plus qu'une conviction , c'était un devoir sacré. Les prétentions malheureuses des questeurs, qui voulaient commander à l'armée,
avaient fait naître partout de vives inquiétudes. Le 1er décembre , veille du jour du coup d'Etat, j'étais au restaurant d'Orsay à dîner , vers sept heures du soir, avec mon
noble et digne ami le brave colonel de Tauley, si glorieusement connu par les blessures qu'il a reçues dans les
combats d'Afrique, lorsque M. le marquis *** intervint et
lui demanda des nouvelles du jour.

— « Parbleu , dit le colonel, voilà l'ami C...... qui sait
par cœur tout son Paris , et qui vous renseignera mieux
que personne. »

Je parlai des émotions provoquées par la division de la
questure et de la présidence , et, formulant ma pensée ,
j'ajoutai que de tous les régimens formant la garnison de
Paris, il n'en était pas un seul qui, sur un signe du Prince
Louis, ne fut prêt à marcher sur l'Assemblée et à s'en
emparer. (Sic.)

Le colonel me gourmanda amicalement sur ma promp-
titude à parler ainsi dans un lieu public ; mais je me hâtai

d'ajouter que c'était une conviction profonde, intime, et que pour cette raison je l'exprimais publiquement et sans crainte. Ce fut le lendemain, à six heures du matin, que le fourrier se présenta chez moi pour m'avertir que le régiment était en bataille au carré Marigny, que mon cheval tout sellé m'attendait, et que la nuit s'était passée à arrêter les représentans et à les conduire à Mazas, à Vincennes, au mont Valérien, etc. Goguenard comme l'est un peu tout fourrier, le mien me salua en me lâchant cette facétie :

— « Major, si vous quittez votre logement, la CHAMBRE est à louer. »

Nous étions aux Champs-Elysées depuis le matin, quand le Président arriva vers les dix heures. Son état-major, qu'on pouvait facilement compter, nous représentait ainsi, beaucoup mieux qu'on ne pourrait l'écrire, toute l'incertitude qui planait sur la solution du problême qui se rattachait à cette grande et immortelle journée; car, malheureusement, dans ces momens suprêmes, partout et toujours, on ne compte dans les rangs que le bien petit nombre de ceux dont le dévouement et la fidélité grandissent avec le danger. La spontanéité, l'effusion avec lesquelles le 1er et le 7e lanciers acclamèrent le Prince, prouvaient assez que nous voyions en lui le sauveur de la France. Quant à moi, qui n'avais jamais crié vivat pour personne, je me portai auprès du prince Murat, qui me tendit une main que je pressai affectueusement ; puis, élevant mon chapeau, je m'écriai de toute la force de mes poumons : « Vive à jamais le Président ! »

Après le déjeûner, fait à la hâte chez Ledoyen, et sur l'ordre du colonel, je me rendis à la caserne du quai d'Orsay, pour y visiter les malades de l'infirmerie régimentaire. En tournant le pont de la Concorde, mon cheval s'abattit et je me donnai une entorse assez grave. Je continuai cependant ma route, et, après avoir fait ma visite, je retournai au carré Marigny. A la vue de mon pied tout ecchymosé, le général Reybel voulait me renvoyer, mais je persistai à demeurer à mon poste. Vers les onze heures du soir, les 1er et 7e lanciers se mirent en marche en suivant les boulevarts de la Madeleine à la Bastille, pour dissiper les attroupemens qui se formaient. Aux portes Saint-Denis et Saint-Martin, ces attroupemens étaient très nombreux, mais, à part quelques braillards disséminés dans la foule, leur attitude ne nous paraissait pas hostile.

Au retour de cette patrouille, je me disposais à prendre du repos, quand un ordre du colonel m'appela au quartier pour visiter quelques-uns des représentans prisonniers à la caserne d'Orsay, qui alléguaient divers prétextes de maladie pour retourner chez eux. Le lendemain, l'ordre fut donné au régiment d'aller se masser dans la rue de la Paix et d'attendre le moment de se porter sur le boulevart. Cet instant ne se fit pas attendre, et nous suivîmes le mouvement de la brigade. Nous essuyâmes, protégés toutefois par les feux croisés des gendarmes mobiles, les agressions qui partirent si violemment du café du Grand-Balcon, du 2e étage de la maison faisant le coin de la rue Grammont, et de quelques autres maisons. Je dois dire que nous fûmes assez heureux pour ne point compter de victimes dans nos rangs, et qu'il n'y eût aucun autre accident sérieux dans la brigade.

Quelques personnes mal intentionnées ou mal informées ont cherché cependant à nier ces décharges d'armes à feu. A ces personnes incrédules, deux régimens de cavalerie répondent : Nous avons vu de nos propres yeux et entendu de nos propres oreilles.

Quelques jours après, alors que le gouvernement commençait à s'asseoir et que les émotions se dissipaient peu à peu, l'intérêt du grand monde de Paris fut éveillé par une circonstance dramatique : c'était le duel de M. Latour-Dupin. J'avais été choisi pour y assister comme docteur par les colonels Féray et Fleury. Dans cette rencontre, M. Latour-Dupin eut la main droite traversée par une balle. Le traitement de cette blessure, qui dura trois mois, me mit encore en relations avec un grand nombre de sommités aristocratiques, et c'est avec bonheur que je me souviens de la grâcieuseté de tous. Dans une de ses dernières visites, M. de Morny, dont la conduite désintéressée et courageuse avait pris un si grand éclat aux affaires de décembre, fut à mon égard d'une obligeance rare :

— « Eh bien, mon cher C......, me dit-il, que faites-vous et que devenez-vous ? »

— « Mon Dieu, je suis toujours chirurgien-major au 7ᵉ lanciers. »

— « Mais ne désirez-vous rien ? Ne puis-je vous être utile ? Tenez, venez sans façon déjeûner un jour au ministère avec moi, et s'il est quelque chose de mon ressort dont je puisse disposer en votre faveur, considérez que c'est chose faite. »

Je le remerciai avec tous les sentimens d'une reconnaissance bien profondément sentie. Il me renouvela plus tard toute son obligeance dans son cabinet, au ministère de l'intérieur ; mais je m'en défendis encore et ne voulus accepter de lui que l'hommage flatteur de son amitié et de ses sympathies.

Je pourrais encore vous faire connaître d'autres honorables témoignages qui me furent aussi donnés à cette époque par quelques hauts personnages ; mais pour aussi précieux qu'ils soient pour moi, car ils me sont venus à ces heures de danger où chaque parole porte avec elle ce frémissement qui a quelque chose de sacré, je m'arrête pour ne pas sortir des limites du cercle que je me suis tracé.

Toutefois, je croirais manquer à toute l'affection que je porte à mon ex-colonel de la garde municipale, si je posais la plume sans donner la copie d'une de ses lettres. Je suis heureux de trouver cette occasion pour lui exprimer de nouveau ce souvenir de la mémoire du cœur.

Mon général,

J'apprends dans ma retraite que vous allez inspecter le 7e lanciers, en garnison à Paris. Le chirurgien-major de ce corps, M. C......, a servi quatre ans sous mes ordres dans l'ex-garde municipale ; l'estime et l'amitié dont il jouissait à juste titre me l'avaient déjà favorablement fait connaître, lorsque les malheureuses journées de février 1848 me fournirent l'occasion d'apprécier les qualités du cœur de cet officier de santé.

Le 25 février, séparé de ma famille et de tous mes braves camarades, je fus conduit clandestinement chez d'honnêtes gens de la rue des Tournelles ; là, fortement contusionné par la chûte de mon cheval, je reçus, vers les dix heures du soir, la visite du docteur C...... Cet excellent docteur, bravant les dangers de la circonstance, et n'écoutant que son cœur, me fit déguiser pour me conduire dans son logement, rue de Verneuil, où déjà il avait accueilli et caché ma femme et mes enfans.

Voilà, mon général, l'homme que je prends la liberté de recommander à votre sollicitude.

Recevez, etc.

Signé : LARDENOIS.

Ecurey (Meuse), le 20 juillet 1852.

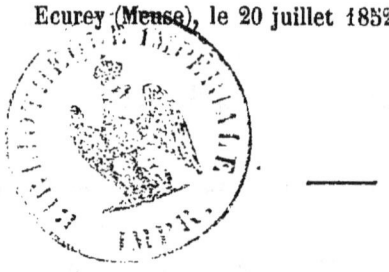

A M. LE VIC^{TE} DE RICHEMONT,

MEMBRE DE L'ASSEMBLÉE LÉGISLATIVE.